Anonymous

Die Tyrannen-Ruthe

I. Ueber den Landsturm. II. Hierarchie und Despotie

Anonymous

Die Tyrannen-Ruthe
I. Ueber den Landsturm. II. Hierarchie und Despotie

ISBN/EAN: 9783337413552

Printed in Europe, USA, Canada, Australia, Japan

Cover: Foto ©Andreas Hilbeck / pixelio.de

More available books at **www.hansebooks.com**

Die
Tyrannen-Ruthe.

Konstantinopel,
1 7 9 9.

I.
Ueber
den Landsturm.

In den Bißthümern Würzburg und Bamberg ist seit einiger Zeit ein verderbendes Spiel, das gefährlichste aller Hazard-Spiele, unter dem gemeinen Volke eingerissen. Man nennt es das Soldaten-Spiel (mit unter auch den Landsturm). ... In geistlichen Staaten ist es um so gefährlicher, weil man hier weder seinen Umfang noch seine Freiheiten kennt, und zu berechnen versteht. Da ist es denn nicht selten, daß nicht nur die Pointeurs bey diesem Spiele zu Grunde gehen, sondern daß am Ende die Bank selbst gesprengt, und von Fremden, die das Spiel besser verstehen, in Besitz genommen wird. . . . . .

Ein Reisender, der am 7. December in Vorchheim war, und dort die Uebungen der

A 3

bewaffneten Bürgerschaft, auch sonst schon mehrere dergleichen Uebungen des Landsturms im Würzburgischen und Bambergischen mit angesehen hat, vergleicht dieses militairische Spiel mit dem großen Ballon-Spiel der Italiener, wovon Burney in seinen Reisen sagt:

Per un giocco è troppo, per una bataglia è poco (zum Spaß zuviel, im Ernst zu wenig . . . .)

Nro. CIII. Deutsche Reichs- und Staats-Zeitung. 1797. Spalte 1641 und 42.

Heilig sollte einem jeden Menschen die Liebe zur Wahrheit seyn; laut und warm sollte jeder Menschenfreund für das, was er einmal als wahr und gut befunden hat, reden und einem jeden mit edler Freimüthigkeit unter die Augen treten, der es wagen wollte, ihm Schweigen zu gebieten, wenn er seine Stimme für Wahrheit und Recht erheben will. Aber Verdruß und Unwille muß die Stirne des edlen Mannes furchen, wenn er wahrnimmt, daß hie und da Menschen auftreten, welche durch Sophismen das Volk täuschen, und unter dem Vorwande: sein Bestes zu befördern, demselben seine unveräusserlichen Menschenrechte rauben, und seine natürliche Freiheit beschränken wollen.

Ich will sie hier nicht schildern die unangenehmen Empfindungen, die sich meinem Herzen andrängten, als während des Krieges der Neufranken gegen ihre so zahlreiche Feinde,

Männer auftraten, welche dem Volke die Billigkeit und Nothwendigkeit einer allgemeinen Bewaffnung vorpredigten. *)

Mancher dieser Apostel mochte sichs wohl gar noch zur Ehre angerechnet haben, mit einem so wichtigen Auftrage beglückt worden zu seyn. Sein moralisches Gefühl aber schlummerte gewiß, während der Verfertigung eines Aufsatzes, die Nothwendigkeit der Volksbewaffnung betreffend. Denn in seiner vollen Spannkraft, wären sonder Zweifel auch jene feinern Saiten berührt worden, die einen hellen Laut für Volksglück und Menschenwohl, für Billigkeit und Recht, für Wahrheit und Gutes gegeben haben würden; und Vergnügen und Freude hätten sie durch ihre süßen Töne aufgeweckt.

Kein edeldenkender Mann wird sichs zur Ehre anrechnen, seine Mitbrüder zu dem zu stimmen, was offenbar zu ihrem Verderben gereicht. Und doch geschah' dies leider und geschieht noch von den Gesandten der Despotie. Es giebt überall verworfene Menschen, unter

*) Vermuthlich waren sie von den Landesregenten zu diesem edlen Geschäfte gedungen.

allen Ständen und in allen Gilden, die sich
nicht schämen, das Laster zur Tugend und, die
Tugend zum Laster zu stempeln. Geschieht
dies aber von Männern, die sich zur gelehrten
Gilde zählen, dann verdienen sie Mitleid, Verachtung und Schande: Mitleid in Ansehung
ihres Verstandes, und Verachtung und Schande wegen ihres Herzens.

Jeder gutgesinnte Mensch muß trauern,
wenn er bemerket, daß hie und da Gelehrte
ihre Würde entweihen und ihren Namen be-
flecken durch unedle Thaten. Da und dort
traten seit einiger Zeit manche dieser Unwür-
digen auf, verkauften die Lüge für Wahrheit,
begünstigten die widerrechlichsten Vorschläge,
welche die Obern zum Schaden und Nachtheil
des Volks gefaßt hatten, und boten die Hand
dazu dar, daß Tirannei sich weiter verbreiten
und das Gefühl für Wahrheit, Billigkeit und
Recht, für Tugend und Bravheit erstickt werden möge. Haben in diesem Betracht alsdann
diejenigen wohl unrecht, welche behaupten: daß
wir noch weit in der Kultur unsers Geistes zu-
rücke wären, daß Aufklärung unter unsern Zeit-
genossen, Glückseligkeit, Menschenwohl und
Völkerrechte nur leere Namen wären, die unser

Gedächtniß zurückrufe, ohne daß wir deutliche und klare Begriffe damit verbänden? —

Wenn der Gelehrte sich nicht mehr scheuet, Ehre mit Schande zu verwechseln; Arglist, Betrug und Verstellung Politik nennt; Grausamkeit Raub, Verwüstung und Mord, als nothwendig zur Erhaltung des Ganzen anpreißt: wie tief muß da nicht im Kurzen die Sittlichkeit beim Volke fallen. Wer kennt nicht die traurigen Folgen des französischen Freiheitskriegs gegen die coalirten Mächte? und wer trauert nicht wegen des unbeschreiblichen Elends, das durch ihn über ganz Europa gebracht worden war? Aber ein weit größeres Elend würde offenbar über manche länder sich verbreitet haben, wenn der Wille ihrer Regenten: eine allgemeine Volksbewaffnung zu veranstalten, befolgt worden wäre. Ein kalter Schauder durchbebte mich, so oft ich einen Aufruf eines Fürsten an seine Unterthanen, sich zu bewaffnen, las, weil ich mir das Unglück, welches für das land daraus erwachsen müßte, immer dabey lebhaft vorstellte. Aber ich muß es auch gestehen, daß ich mich innig freute, wann ich hörte, daß die Unterthanen auch bey dem lautesten Ruf taub blieben; und daß nur hie und da durch Drohungen und Furcht vor der empfind=

lichsten Strafe, einige gezwungen worden waren,
die Waffen zu ergreifen, die sie aber auch
bald wieder wegwarfen, als sie die Gefahr
merkten, welcher sie sich dabey aussetzten.

Die Fürsten, welche sonst gewohnt waren,
blinden Gehorsam von ihren Unterthanen zu
verlangen, staunten nicht wenig, als sie gewahr
werden mußten, daß das Volk, bey einer in
ihren Augen so billigen und gerechten Sache,
die Bewaffnung der Unterthanen betreffend, nicht
hören wollten, und daß selbst Drohungen nichts
vermögen könnten.

Sie glaubten daher ihren Zweck besser erreichen zu können, obgleich auch dieses Mittel,
wie die Erfahrung es bisher gelehrt hat, unkräftig blieb. Gelehrte wurden angefeuert, ihre Rednertalente für die Nothwendigkeit einer
allgemeinen Volksbewaffnung zu üben: aber ihre Zauberkräfte hatten diesmal die Wirkung
nicht, die sie sonst hervorzubringen vermögend
waren.

Ich habe eben ein so edles Geistesprodukt
eines solchen Redners vor mir, der die Recht-
mäßigkeit seines Landesherrn, seine Unterthanen in die Waffen rufen zu dürfen, in Schutz

nimmt, und seine Gründe. — freilich nicht die
edelsten, nach seiner Art aufzählt.

Heischer schrie sich der gute Mann in seiner 4 Bogen langen Rede, und mußte nachher
die traurige Erfahrung machen, daß er seine
Lunge umsonst angegriffen hatte.

Selbst auf Koburgs drohenden Aufruf achtete man nicht, man höhnte mehr darüber, als
man davor erschrak. Denn als Koburg den
30. Juli 1794 in dem äussersten Drange die
deutsche Nation aufrief: die Waffen gegen die
Neufranken zu ergreifen, und dadurch die Bewohner am Rhein und der Mosel dazu zu bewegen suchte, erschien eine Flugschrift, *) wor-
innen der Verfasser seine Landsleute wegen der
angeblichen Furcht, in die sie der Aufruf ver-
setzt haben sollte, zu beruhigen suchte, indem
er ihnen durch eine Ironie begreiflich machte,
daß jener Aufruf nicht an die gemeinen Bürger und Landbebauer, sondern an die deutschen
Fürsten und an den Adel gerichtet wäre.

*) Erklärung des von Herrn Prinzen von Ko-
burg den 30. Jul. 1794 ergangenen Auf-
rufs, niedergeschrieben von einem Rheinlän-
dischen Bürger; im Monate Aug. 1794.

Selbst die Anrede, sagt der Verfasser, zeigt schon, daß der Aufruf nur Fürsten und Adeliche angeht. Denn, fährt er fort, wo ist je ein Beispiel, daß sich ein deutscher Fürst so herabgelassen, Bürger und Bauern, Brüder und Freunde zu nennen?

Ist es nicht viel wahrscheinlicher, daß der Fürst hier mit seines gleichen, mit Fürsten und Adelichen, rede? — Doch gesetzt, äusserste Noth, nahe an Verzweiflung gränzende Besorgnisse, dringende Gefahr, hätten diesmal den Prinzen zu dieser demüthigenden Herablassung bemüssiget, so zeigt doch sein Aufruf, daß er hier nicht zu Bürgern spreche.

Seine Durchl. sagen darinn: „daß ihre „tapfern Kriegsheere in drey mörderischen Feld„zügen den härtesten Kampf gestritten, um Euch, „Euer Eigenthum, die Ruhe Eures Lebens, „die Sicherheit Eurer Felder, die Erhaltung „Eurer Religion, das Glück Eurer Kinder, „den Reichthum Eurer blühenden Provinzen vom „Untergang und von der Vernichtung zu ret„ten.„ — Unmöglich kann der Prinz teutsche Bürger für so gar einfältig halten, daß sie bey allem Gefühl ihres Elendes dennoch wähnen sollten, der Krieg begann um ihrentwillen, zu ihrem Glück, zu ihrem Nutzen. — Was könnten teutsche Bürger dabey gewinnen, wenn auch ganz Frankreich dabey erobert würde? Wäre nicht vielmehr zu befürchten, daß vielleicht der Handel dahin, wie in die Erblande, beschränkt würde? Nein! wir wissen es, daß dieser Krieg weder für uns, noch für das Glück unserer Kinder geführt wird. Vielmehr ist es weltkundig, daß er ausser den eigennützigen Absichten der Fürsten, welche hier ein zweytes Pohlen zu finden glaubten, blos um die Erhaltung der hohen Würde der Fürsten und des Adels, welche die Neufranken zu Staub zermalmten, angefangen und geführt worden sey. — An die Fürsten und an den Adel, für deren Glück gekrieget wird, ergieng der Aufruf des Prinzen: Bürger! wie könnt ihr euch darüber so beunruhigen?"

„Wenn der Prinz sagt, er stehe an der Maas, zur Vormauer für die teutsche Freiheit, — mit wem kann er sonst sprechen, als mit teutschen Fürsten und teutschen Adel, die allein Freiheit genießen? Denn es ist ja bekannt, Bürgerbrüder! daß wir von dem Genusse wahrer ächter Freiheit weit entfernt sind.

Wir haben keine Preß- und Redefreiheit und keine freie Handlung; haben nicht den mindesten Einfluß auf die Regierung und auf die Wahl der Beamten; nicht den mindesten Einfluß, weder auf die Art der Erhebung, noch auf die Art der Verwaltung unserer Finanzen. Man behandelt uns offenbar ungerecht, und — wir müssen schweigen; müssen zusehen, wie das überflüssige Wild unsere Erde vernichtet, ohne uns beklagen zu dürfen. Wir werden gedrückt, schwer gedrückt, und wo sollen wir uns beschweh- ren, um Hülfe zu erhalten? Man nimmt uns unsere Söhne, dem Vieh gleich führt man sie zur Schlachtbank, und wir müssen es geduldig leiden. Mit thränendem Auge müssen wir es sehen, wie sie stückweis an Auswärtige verkauft, in alle Welttheile geführt und geschlachtet wer- den. Wer kann hingegen alle die Wohlthaten, welche andere freie Völker genießen, und wir ent- behren müssen, her erzählen? Nur teutsche Für- sten und teutscher Adel können sich wahrer Frei- heit rühmen!"

„Ja! nur den Fürsten und den Adelichen kann der Aufruf gelten, weil der Prinz aus- drücklich darinnen sagt: „Gebt Eure silberne „Gefäße dem Kaiser, damit er Eure Vertheil-

„diger besolde." Woher sollten, die armen
ausgesaugten Bürger und Bauern goldene und
silberne Gefäße nehmen? Diese sind wieder nur
bey den Fürsten und Adelichen zu finden."

Der Verfasser der Erklärung führt die Ironie noch weiter durch, um seinen Landsleuten
aus dem Aufrufe zu zeigen, daß der Bürger
und Bauernstand nicht gemeint seyn könne, den
man bewaffnen wolle. Er sagt: „In diesem
Aufruf an die Bewohner der schönen Gegenden
am Rhein und an der Mosel, daß sie sich bewaffnen und kämpfen sollen für ihren Kaiser,
für ihre Freiheit u. s. w. setzet doch wohl der
Prinz zum voraus, daß diejenigen, die solchen
Soldaten, wie die Franzosen sind, sich entgegen zu stellen hier aufgefordert werden, sich schon
etwas in Waffen geübt haben, und daß sie mit
den nöthigen Kriegsbedürfnissen versehen seyn
müssen. Unmöglich kann ein solcher erfahrner
Feldherr, wie Koburg zu Bürgern und Bauern,
die nie Waffen trugen, noch welche haben, sagen: „Formirt eine Armee! kämpfet, sichert
„meinen Rücken!" Es gehört eine geraume
Zeit zur Vorbereitung und Uebung. So,was
kann nur zu Fürsten und Adelichen, die alle mit
Waffen

Waffen verſehen, und durch Jagdbeluſtigungen
ſchon in Waſſen geübt ſind, geſagt werden.

Wer kann alſo hier noch zweifeln, daß dieſer Aufruf, nach ſeinem weſentlichen Inhalt,
an die fürſtlichen und adelichen Bewohner des
Rheins und der Moſel ergieng?

„Endlich klären auch die zwey letzten Drohungen des Hrn. Prinzen- es deutlich genug auf,
daß ſie nicht an euch gerichtet ſind. Er drohet
erſtlich bey der Verweigerung ſeiner Forderung,
daß er über den Rhein gehen wolle, und das
könnte nur den Fürſten und dem Adel ſchaden.
Was würden wir Bürger dabey verlieren, wenn
der Prinz über den Rhein gienge? *) Und
im ſchlimmſten Fall, die Franzoſen kämen, **)
eroberten unſer Land, und wir würden mit ih-

___

*) Daß er dieſes wirklich that, als die Bewaff-
nung nicht zu Stande kam, und bald darauf
ſein Kommando niederlegte, iſt bekannt.

**) Sie kamen wirklich, und die Vereinigung
verſchiedner teutſcher Provinzen geſchah.

B

nen vereiniget: — Wir würden alsdann an
die fürſtliche Souverainetät die unſrige ſetzen,
Sklaverey mit Freiheit vertauſchen, und künftig
freier und glücklicher leben. Was könnte alſo
eine ſolche Drohung, wenn ſie an uns ergienge,
wirken? Gewiß auf uns nicht; aber auf Fürſten und Adel, und nur an dieſe kann ſie gerichtet ſeyn."

„Mit der zwoten Drohung, als wollte der
Prinz bey ſeinem Rückzuge, euch alles das ent-
ziehen, was dem Feinde zu ſeiner Erhaltung
dienen könnte, konnte Koburg, der ſelbſt Feinde ſchonende Koburg, unmöglich euch beängſti-
gen wollen. Wie könnet ihr von dem men-
ſchenfreundlichen Koburg erwarten, daß er an
euch, die ihr ſchon drey Jahre lang alle gräß-
liche Folgen eines unglücklichen Krieges, der nur
zur Erhaltung der hohen Würde der Fürſten
und Adelichen geführt wird, ſo geduldig ertru-
get, ein Unmenſch —, ein Tirann werden wür-
be? Nein! dies kann der gütige Koburg
nicht. — Kurz, der Aufruf kann nicht an
euch ſeyn!" — —

Aus dieser Persiflage und noch aus andern
Flugblättern über diesen Gegenstand, kann man
leicht abnehmen, daß das Volk keinen Sinn
für die Bewaffnung hat. Am wenigsten aber
wird man es dazu geneigt machen, wenn
man es durch wahren Unsinn dazu bereden zu
können glaubt. So ist es zum Beispiel
wahrer Unsinn, wenn man das Volk durch
solche Worte zu bewegen sucht, in die Waffen
zu treten, mit welchen ein Wirtembergischer
Schriftsteller zu seinen Mitbürgern spricht: *)
„Das Vaterland bittet euch, ihm einige Zeit
„aufzuopfern; ihr bedauert grossen Theils so
„selten den Verlust der Augenblicke, die ihr
„euren Vergnügungen schenket; und dem Va-
„terlande wolltet ihr einige Wochen versagen,
„da ihr doch der weisen Verfassung desselben
„das ganze Glück eures Lebens danket.“ Wenn
das Vaterland bittet, so versteht man doch ohne allen Zweifel unter Vaterland das Volk?

---

*) Schreiben eines Wirtembergers an seine
Mitbürger aus Veranlassung des Landaufge-
botes. Stuttgart, bey Joh. Fried. Stein-
kopf. 1794. S. 9.

Also das Volk bittet das Volk, daß es sich für sich selbst aufopfere? —

Das Volk zu erhalten und zu schonen ist ja der Zweck. Wenn nun aber das Volk zu Felde zöge, so müßte der Zweck in Mittel verwandelt werden, und was wäre denn nun Endzweck? — —

Wann es übrigens nur mit dem Zeitverlust etlicher Wochen abgethan seyn würde, so möchte es noch hingehen: aber es betrifft Menschenleben, wenn man sich gegen den Feind bewaffnet hinstellt; Störung des Familienglücks ist die Folge, und da geht man nicht so rasch zu Werke.

Wir sind nicht zu Soldaten gebohren, sagten hie und da die aufgebotnen Landleute; Waffenübungen sind unsere Sache nicht; wer Lust hat, mag sich damit beschäftigen. Ich gestehe es, daß ich gegen diesen Ausbruch des innern Gefühls für bürgerliche Freiheit und Rechte nichts Erhebliches einzuwenden vermögend wäre; aber die Antwort auf ihre Aeusserung war: „Wenn „das Vaterland in Gefahr ist, ist jeder Bür-

„ger so lange Soldat, als die Gefahr dauert,
„und als die Zahl der stehenden Truppen unzu-
„länglich ist, sie abzutreiben." Wozu nützte
also dem Bürger und Bauer das Militär, das
er mit schweren Kosten unterhalten mußte, wenn
es ihn bey dringender Gefahr nicht beschützen
kann? wenn er selbst auf seine Rettung bedacht
seyn, und sein Leben aufopfern soll? Also täuschte
man bisher die Bewohner der Staaten fürchterlich; nahm ihnen lange Zeit Abgaben ab, um
das Militär zu unterhalten; und nun, da der
Fall eintritt, daß es den frieblichen Bewohner
der Hütten und den arbeitsamen Bürger in
Städten Sicherheit verschaffen und ihn beschü-
ßen soll, *) sagt man ihm: Du mußt selbst
den Feind abtreiben; wo nicht, so überläßt man
dich deinem Schicksal.

Man sollte sich schämen den Bürgern solche
Gründe für die Bewaffnung vorzulegen, wie

*) Unter dieser Bedingniß bezahlen ja die Bür-
ger den Soldaten, daß er ihr Eigenthum
schützen und für Sicherheit und Ruhe wachen soll.

folgender: „Der Staat hat euch bisher Si-
„cherheit für euer Eigenthum verschafft; jetzt ist
„es um seine eigene zu thun; er hat die Be-
„dingungen gegen euch erfüllt, und ihr wolltet
„die Verbindlichkeit gegen ihn aus den Augen
„setzen?“ In Friedenszeiten ist es freilich
leicht, die Bürger zu schützen: sie schützen sich
da einander selbst, ohne Militär nöthig zu haben;
aber in Kriegszeiten haben sie Schutz nöthig,
den sie längst vorher theuer bezahlten.

Wenn also die Regierung den Bürgern
im Staate Sicherheit verschaffte; so war dieses
ja Pflicht für die Regierung, weil die Bürger
deswegen ihre Abgaben erlegten, zu jeder Zeit
geschützt zu werden. Was soll also das heißen:
„Jetzt ist es um die eigene Sicherheit des
„Staats zu thun?“ Vielleicht so viel: Die
Regenten und die Minister stehen in Gefahr ihre
Hoheit, ihre Würde, ihre Macht und ihr An-
sehen zu verlieren, wenn die Frankreicher in
diesem oder jenem Staate vordringen würden.

Jetzt wird es freilich begreiflich, warum unsere Fürsten so eifrig daran arbeiteten, ihr Volk

jen die Vertheidiger der Freiheit aufzubieten,
mit sie nämlich fort tirannisiren können. *)

Was sagen wohl meine Leser zu dem Grund,
1 fast alle Fürsten in ihrem Waffenaufgebot
geben?

„Dem Landesherrn komme das Recht des
Aufgebotes seiner Unterthanen zu, weil —
jöre es Nachwelt! — ihm das Wohl des
Staats anvertraut ist."

Freilich ist dem Landesherrn das Wohl
s Landes anvertraut; und eben deswegen kann
seine Unterthanen nicht in die Waffen rufen,
eil dadurch der Wohlstand der Unterthanen
estört würde, wenn sie, die den stehenden Sol-
ten in Kriegs und Friedenszeiten unterhalten
üssen, über dieses auch noch mit diesem zu ei-
em Zwecke wirken sollten. Denn sobald Bürger und Bauer, Vornehmer und Geringer ins
Lager zu ziehen genöthiget würde: so entstünde

*) Der Erfolg lehrte es auch, daß die Für-
stenherrschaft ein Ende nahm, wo die Männer der Freiheit festen Fuß faßten.

eine Unordnung in dem Hauswesen, eine Zer-
rüttung in den Familien und eine Stockung in
den Geschäften, welches auf das Ganze einen
sehr nachtheiligen Einfluß haben würde, so daß
die Regenten in mehr als einer Rücksicht es zu
bedauern Ursache hätten, die Unterthanen bewaffnet zu sehen.

Rief man den spekulirenden Kaufmann aus
seinem Komtoir, den arbeitsamen Handwerker,
aus seiner Werkstätte und den thätigen Landbebauer von dem Pfluge in das Schlachtfeld,
entzöge man die erwerbenden Einwohner der
Staaten dem Kreise ihrer Familien: so würde
ein Stillestehen der Geschäfte erfolgen und eine
Wirre entstehen. Wenn der seine Familie er-
nährende Bürger und Landmann dem Schoose
derselben entrissen würde: so käme sie in Gefahr
hungern zu müssen, und ihr loos würde Kum-
mer und Elend seyn.

Diese und noch mehr traurige Folgen kann
man voraus sehen, wenn die Bewohner eines
Landes samt und sonders dem Feind entgegen
zögen, weil alsdann die blühendsten Handlungen, die Gewerbe und der Ackerbau darnieder

liegen und die Betriebsamkeit aufhören würde.
Liegt einem Landesfürsten das Wohl seiner Staaten wirklich am Herzen: so wird er gewiß seine
Unterthanen nicht ohne Noth in die Waffen
rufen.

Hier könnte man einwenden: „Die Fran-
kennation wäre ja auch bewaffnet worden. Es
ist wahr, aber unter ganz andern Umständen.
Wenn der Frankreicher die Waffen nahm, weil
seine Familienumstände zum Theil schon zerrüttet
worden waren; so soll sie der Teutsche nehmen,
damit er die seinigen auch zerrütte. — Welch
eine Forderung! — Wer würde dem teutschen
Bürger den Schaden vergütet haben, den seine
Familie durch seine Entfernung erlitten hätte? —

Der größte Theil der Frankenarmeen bestund
beiweitem nicht aus dem Landvolke, wie man
den Teutschen aufbringen wollte, sondern mehr
aus Leuten, welche vor der Revolution sich des
Luxus wegen beschäftigten und bey der veränder-
ten Lage der Sache nicht mehr nöthig waren;
dann aus Menschen, welche die Noth zum
Kriegsdienst zwang, endlich auch aus freiwilli-
gen und wohlhabenden Leuten, die für Freiheit

, und für die Wiederherstellung der ihnen geraub-
ten Menschenrechte streiten wollten.   ⸗

Wenn übrigens auch der Landbebauer,
und der Bürger, der Geschäfte trieb, zu den
Armeen gerufen wurde: so litte seine Familie
beiweitem den Verlust'nicht, den sie'in jedem
teutschen Staate, durch die Volksbewaffnung
würde empfunden haben. ·

Die französische Volksregierung hat dafür
zu sorgen gewußt, daß die arme Volksklasse be-
schäftiget werden konnte, um sich die nöthigen
Bedürfnisse anschaffen zu können; und nach den
von ihr getroffenen Verfügungen durfte auch der
Ackerbau nicht vernachläßiget werden. Und
noch über dieses giengen die Männer der Freiheit muthig und froh ins Feld, weil ihnen ein
reichlicher Sold gereicht wurde, und weil, wer
von ihnen verstümmelt und zum Krüppel ge-
schossen worden war, eine lebenslängliche Pen-
sion erhielt, und die Familien derer, die das
Mordgewehr zu Boden streckte, hinlänglich ver-
sorgt werden.

Daß aber übrigens auch der Geschäftsmann, der Fabrikant und Kaufmann in Frankreich, die traurigen Folgen eines beispiellosen Krieges empfand und leider noch immer empfindet, ist keineswegs zu läugnen.

Wäre nun aber nicht ein ähnliches Unglück über diejenigen teutschen Staaten gebracht worden, deren Einwohner man bewaffnet und dadurch ihre Familienumstände zerrüttet hätte? —

So lange von dem Volke das Militär unterhalten wird, kann man nicht verlangen, daß es sich gegen den Feind bewaffne. Am allerwenigsten aber kann ein Fürst seine Unterthanen deswegen in die Waffen ruffen: „weil ihm das Wohl des Landes anvertraut ist."

Der Wohlstand eines Landes wird durch Arbeitsamkeit, Fleis und Betriebsamkeit befördert; und dazu werden Hände erfordert. Wenn nun aber die arbeitsame, thätige Volksklasse im Felde ist, wer soll arbeiten? — wer die Geschäfte besorgen? — wer die Handlung treiben? — wer die Fabrikate abneh-

men? Wie sollen sich die zurückgebliebenen
Nahrung verschaffen ohne Verdienst? wie ih=
ren Hunger stillen? — Schöne Beförderung
des Landes Wohl durch Bewaffnung der Un=
terthanen zur Vertheidigung der Tirannei!

Als in einem gewissen Oberamte, der
Amtmann die Weisung von seinem Fürsten er=
hielt: aus jedem Dorfe etliche Männer vorzu=
laden und ihnen den Befehl des Landesherrn,
sich zur Bewaffnung bereit zu machen, kund.
that, antworteten sie freimüthig und ganz naiv:
„man hätte ja den Krieg angefangen, ohne
„sie vorher zu fragen, ob sie mitwirken woll=
„ten, man könne jetzt auch ohne sie ihn füh=
„ren. Es sey ja das schon genug, fuhren sie
„fort, daß sie ihre Söhne zu Soldaten her=
„geben müßten, und es geschehen ließen, wenn
„immer von neuem Ergänzungstruppen aus=
„gehoben würden. Das wäre zu viel gefor=
„dert, wenn sie selbst noch mit ins Feld ziehen
„sollten. Der Ackerbau wäre ihre Sache,
„mit Mordgewehren könnten sie nicht umge=
„hen. ꝛc. "

In einem souveränen Staate würde eine solche Aeusserung mächtig geahndet und bestraft worden seyn; aber wo die willkührliche Gewalt der Fürsten durch Landstände beschränkt wird, kann und darf man schon zu seiner Zeit ein Wort der Wahrheit ohngestraft sprechen. *)

Es wäre in der That schlimm, wenn man den Landbebauer dem Pflug entzöge und seine zurückgelassene Hausgenossen einem traurigen Schicksal Preis gäbe. Man lasse ihn zu Hause für seine Familie arbeiten und ihr Nahrung verschaffen: dort nützt er; aber gewiß nicht im Felde mit der Flinte und dem Säbel.

Doch gesetzt, es käme dazu, daß der gezwungene Landmann den Kriegsmann spielen sollte, was würde er wohl für Großthaten verrichten? Was würde er in den Gefechten für Muth zeigen, welchen er wider Willen beiwohnen muß? — Wird er nicht der Er=

*) Da obiger Befehl ohne Zuziehung der Landstände gegeben worden war: so blieb er auch wirklich ganz unkräftig.

ste seyn, der bey blos scheinbaren Gefahren
seine Rettung in der Flucht zu suchen sich an-
schickt? — Kommt noch über dieses die Be-
sinnungskraft bey ihm, warum er eigentlich
die Waffen hat ergreifen müssen, nämlich nicht
für sich und seine Familie, nicht für Freiheit
und Menschenrechte, wie die Neufranken, die
ernsten Blicks, sich ihrer guten Sache bewußt,
mit Muthe gestählt gegen die Feinde ihrer
Freiheit anrückten, und um diese zu erkämpfen den Tod nicht scheuten: dann würde
Zaghaftigkeit sich seiner vollends bemächtigen.
Schrecken würde den zum Soldaten gezwun-
genen Bauer oder Bürger fassen, wenn er
seine Bekannten neben sich hinstürzen sähe;
er würde sich zurück drängen, und in den
Gliedern Unordnung und Verwirrung verur-
sachen. Und würde man ihn auch unter
schon geübte Krieger stellen, es würde die
Unordnung nicht vermieden werden, vielmehr
sich vergrößern und das Treffen, welches vielleicht ohne ihn gewonnen worden wäre, gieng
um desto gewisser verlohren.

Was würde nun aber wohl geschehen,
wenn eine Schlacht verlohren gienge, wo Bür-

ger und Bauer mit auf dem Kampfplatz stün-
de? Würde man sie nicht sowohl im Felde
als in ihren Wohnplätzen feindlich behandeln
und Rache nehmen? Hätte man da nicht
einen hübschen Vorwand, die Dörfer zu ver-
heeren und die Städte zu plündern?

Friede den Hütten! wäre nie durch Belgien, Batavien und all' diejenigen Länder er-
schollen, in welche die siegreichen Heerhaufen
der Franken drangen, wenn die Unterthanen
nach dem Wunsche der Grossen die Waffen
ergriffen und den Männern der Freiheit Widerstand geleistet hätten. Ihr Schicksal wäre gewiß fürchterlich gewesen. Die Fürsten
und der Adel konnten mit ihrem Gelde ent-
fliehen, und dieses geschah' denn auch wirklich; aber was hätte der Bürger und Bauer
anfangen sollen, dem ohne Geld seine Flucht
nicht genützt haben würde? —

Dank sey es der Vorsehung, daß die
projectirte Landesbewaffnung nicht zu Stande
gekommen ist! Und möchte sie es nie, nach
dem Sinne, in welchem sie die Grossen zu
veranstalten sich Mühe geben!

Es ist weltkundig, daß die Grossen fast ganz Europa in einen Krieg verflochten haben, blos deswegen, damit ihre Hoheit und ihr Anseh'n nicht im geringsten verletzt würde, und da die Söldlinge der Despotie nicht mehr stark genug waren, eine Volksregierung zu unterbrücken, die aus den Trümmern der Monarchie hervorgieng, rief man das Volk auf, um dieses Ungeheuer für die Grossen zu erlegen. Welch ein Ansinnen! — Was hundert Tausende von Menschen nicht vermochten, den neuen Koloß von seinen Felsenbergen zu stürzen, das sollten die Millionen derer thun, die sich seiner Grösse freuten und im geheim wünschten, ein ähnliches Sonnenbild als Schutz der Freiheit aufstellen zu können.

Man würde sehr irren, wenn man glauben wollte, das Volk habe ein Wohlgefallen an den blutigen Kriegen, durch welche es an den Abgrund des Verderbens gebracht und in das kläglichste Elend geschleudert wird. Das Volk ist nicht mehr so unwissend, wie manche Fürstenschmeichler es glauben. Es sieht es nur gar zu gut ein, daß die coalirten

lirten. Mächte durch den Krieg gegen die Neufranken, ihr, nicht aber das Interesse des Volks, zu bezielen suchten; ohnerachtet man das letztere ihm vorspiegelte.

Gerade das Gegentheil mußte das Volk bald zur größten Betrübnis erfahren. Die Glückseeligkeit des Volks wurde untergraben und die Lebensfreude getrübt. Die Handlung und die Gewerbe, die einzige Quelle des Lebens, wurde ihm abgegraben; Tausende von Bürgern, die vorher im Wohlstande sich befanden, wurden zu Bettlern gemacht, theils durch gewaltthätige Beraubung ihrer Habe, theils durch Einäscherung ihrer Häuser und Verheerung ihres Eigenthums, theils durch schwere Besteurungen, lästige Durchzüge und Einquartirungen, theils durch Verfolgung und schwere Bestrafung wegen Meinungen. Nicht die Grenzen ihres Landes gegen das Eindringen der Feinde zu decken, zogen sie aus gegen die Vertheidiger der Freiheit, sondern Frankreich zu erobern und es unter sich zu theilen. Nicht um die geheiligten Völker-

C

und Menschenrechte aufrecht zu erhalten, sondern sie zu unterbrücken. Und dazu soll das Volk mitwirken, weil ihre Söldlinge zu schwach dazu sind!

Das Volk glaubt es nicht mehr, wenn man ihm sagt: „Die Heere wären ausgezogen — als Vormauer der teutschen Freiheit zu dienen, zur Schutzwehr der Religion, der Gesetze, der Familien." *)

Wenn den Fürsten die teutsche Freiheit so sehr am Herzen läge, so würden ja nicht so viele Klagen wegen der Beschränkung derselben geführt werden!

Wenn ihnen die Religion, die Gesetze, das Familienglück u. s. m. heilig wären; so könnten sie ja nicht so viele religionswidrige Handlungen ungescheut ausüben! Meuchelmorde anzetteln, Bürgerkriege aufregen, und eine ganze Nation von 25 Millionen Men-

*) S. Koburgs Aufruf.

ſchen auszuhungern Plane entwerfen und Ver-
anſtaltungen dazu treffen! —

Wie ſoll das Volk es glauben können, daß
die Fürſten die Geſetze lieben, da ſie keine an
ihre Unterthanen binden?

Kein Geſetz darf einen Fürſten richten; obgleich die Unterthanen, die willführlichſten Geſetze pünktlich befolgen müſſen.

Der Fürſten Wille iſt Befehl, und wenn
das ganze Land Vorſtellungen dagegen machen,
und alle die Uebel vorausſehen ſollte, die durch
ihn entſtehen können, ſo iſt er doch unabän-
derlich. Heilig können unmöglich den Fürſten
die Geſetze ſeyn, die unter ihrer Aufſicht den
willführlichſten Auslegungen unterworfen ſind;
die durch die Prieſter der Gerechtigkeit von
Launen oder Beſtechungen, von dem Parthei-
geiſte oder Schwäche geleitet, bald ſo, bald
anders gedrehet, ausgeleget und gedeutet werden. Bey uns giebt es keine Rechtsgleichheit;
nur der Arme, der Geringe muß die ganze

Strenge der Gesetze fühlen, dagegen aber kann
der Reiche, der Vornehme wegen seines Gel-
des, seines Ansehens und seiner Verbindung
die Gesetze zum Schweigen bringen. — Der
Arme muß bey der gerechtesten Sache unter-
liegen: weil er ohne Geldaufwand seine Klage
den Priestern der Gerechtigkeit nicht vorlegen
kann, und eine gerichtliche Untersuchung, ihm
auch gar wenig nützen würde. —

Aus keinem, der in den Aufrufungen der
Fürsten wegen Bewaffnung des Volks, dar-
gelegten Gründe, wird es die Waffen ergreifen. Am allerwenigsten aber gegen eine
große Nation, die blos gegen die Großen,
gegen die Tirannen, die ihr armes, unter dem
Drucke seufzendes Volk quälen, Krieg führ-
ten, die Friede den Hütten! verkündigten.

Die Erfahrung hat es uns bisher gelehret,
daß die Regenten alle Mittel versucht und al-
le Kräfte aufgewandt haben, das Reich der
Despotie nicht zu Grunde gehen zu lassen.
Sie rechneten mit Gewißheit darauf, die
Neufranken zermalmen, und ihr Land unter

ſich theilen zu können; — weil ſie die Ver-
wegenheit hatten: Gerechtigkeit und Tugend,
vermög ihrer eingeführten Gleichheit, auch von
denen zu verlangen, die doch über alle Geſetze erhaben zu ſeyn glauben, die es nie gewohnt waren, Rechenſchaft von ihren Handlungen zu geben. Sie fiengen daher den ſo
blutigen Krieg, ohne Zuſtimmung des Volks,
ganz widerrechtlich gegen ſie an; und als ſie
zu ſpat es einſahen, daß die furchtbarſten
Heere gegen eine Nation nichts auszurichten
im Stande ſind, die eine gute Sache verthei-
digt, ſuchten ſie ihren Krieg zur Sache des
Volks zu machen, und es in Maſſe aufzubieten, um eine gerechte Sache zu unterdrü-
cken! — Und, wer ſollte es glauben? ge-
wiſſe Menſchen erniedrigten ſich zu feilen
Knechten, boten dazu die Hände und lieſſen
es ſich angelegen ſeyn, durch Rednerkünſte
und Scheingründe das Volk dazu geneigt
zu machen. Doch, Dank ſey es der Vorſehung! noch giebt es redliche Wahrheit
liebende Männer, Männer, die bey ihrem
zarten Gefühl für die Menſchheit ihre Vernunft weiſe gebrauchen und jenen Nachtmen-

schen muthig entgegen arbeiten, welche allen
möglichen Grausamkeiten und den niederträch-
tigsten Intriguen das Wort zu reden sich
erdreisten, welche sogar die Stirne haben, die
Religion des Weisen aus Nazareth schänd-
lich zu mißbrauchen, solche Sätze aus ihr
herleiten und durch Trugschlüsse dem Volke
begreiflich zu machen suchen, daß man um
eines Regenten willen sein Familienglück hint-
ansetzen, sein Leben für ihn aufopfern und
alles, was er fordert, thun müsse. Ist es
nicht schändlicher Mißbrauch der Religion,
nicht nur zu länder verheerenden und Menschen
verderbenden, Menschen mordenden Kriegen
einzuladen, sondern sie so gar als Beweis der
göttlichen Güte anzupreisen und sie als nütz-
lich aufzuführen? —

Folgendes stehet wörtlich in einem Aufrufe zur Volksbewaffnung:

„Auch bey dem Kriege, in welchen wir
„verwickelt wurden, leuchten Absichten der
„göttlichen Güte hervor. Der lange Friede
„wiegte uns in den gefährlichen Schlummer

„der forglofen Weichlichkeit ein; der Herr
„erlaubte, daß uns ein Krieg davon auf-
„weckte, ehe unfere geiftige und leibliche Kräf-
„te im Schoofe der Wolluft allzufchlaff wür-
„den."

Alfo der Krieg wäre das Mittel, deffen
fich die Gottheit bedient, um die fchlummern-
de Kräfte der Menfchen zu wecken und fie
zur Thätigkeit zu beleben? — Sie hätte
alfo fonft keine Mittel dazu, als Kriege?

Möchte doch bald die Fackel der Auf-
klärung allen Staaten Europens leuchten!
Da, wo einige Gelehrte, und mit ihnen für
das Gute empfängliche Menfchen für die
Wiedereinfetzung der geheiligten Völker- und
Menfchenrechte fich verwenden, find zwar ihre
Strahlen fchon hingedrungen: aber dort, wo
andere unbedingte Unterwürfigkeit unter die
Herrfchaft eines Einzigen, blinden Gehorfam
gegen Befehle, deren Ausführung nicht felten
Unglück und Verderben dem Staate bringen,
predigen; in einem Lande, wo man dem
Fürften feine Söhne zum Morde leiht, wo

ble Stimme der Menschlichkeit, der Gerech=
tigkeit und der Billigkeit verstummen muß:
da ist noch kaum eine merkliche Dämme=
rung. — Dort herrschet Nacht und Dun=
kelheit, Finsterniß und Barbarey! —

II.

Hierarchie und Despotie.

D

„Aufklärung macht die Menschen einander zu Brüdern; aber wo Finsterniß ihr die Stirne bietet, da ist Empörung und Kampf."

Obskuranten-Almanach für 1798.

———————

Alle Edeldenkende kommen mit einander darin überein, daß Aufklärung und Wahrheit heilsam für den Menschen sind; und sie machen den Schluß, daß alle, die sie hindern wollen, böse Menschen seyn müssen. So viel ist einmal gewiß, daß durch die Hemmung der Aufklärung in einem Menschen nichts Gutes bewirkt wird. Denn wenn der Mensch durch sie auf sich selbst aufmerksam geworden ist; wenn er durch sie seine moralische Veredlung beginnt, seine Menschenrechte kennen lernt und sie heilig ehret; wenn er sie losstreift die Fesseln, die ihn drückten, und es ihm wohlthut, als ein freies, seiner Vernunft folgendes Geschöpfe

D 2

handeln zu können: und man ihn da auf
einmal wieder zurück werfen will in seinen
vorigen Zustand, ihn aufs neue wieder an die
Ketten schmieden will, von denen er sich los
machte: welche Veränderung muß da nicht in
ihm vorgehen! — Wie leicht wird sie da
nicht rege die Gährung!

Es gab Leute, welche die Stirne hatten,
zu behaupten: die Aufklärung sey schädlich,
sie begünstige Rebellion, Aufruhr, Empörung. Nicht doch! Ein aufgeklärtes Volk
rebellirt nie! Die Aufklärung tadeln, hieße
die Sonne verläumden, wenn sie zuweilen eine trübe Wolke deckt; hieße läugnen, daß sie
es ist, die dem Schoose der Erde labende
Früchte entlockt für die mannigfaltigen leben-
den Wesen, das Licht des Tages schafft, und
die Leuchte dem Monde leih't.

Ich getraute es mir nicht ohne Sophismen den Satz zu behaupten: Aufklärung be-
würke Aufruhr und Empörung. Ich muß
hier Hrn. D. Erhard *) ganz beistimmen,

*) Ueber das Recht des Volks zu einer Re-
volution. Von Joh. Benj. Erhard, Dokt.

wenn er sagt: „So lange die Vornehmen des Volks die Aufklärung nicht hindern und doch durch das Uebergewicht ihrer Aufklärung ihre Ueberlegenheit behaupten, so lange gibt es keine Revolution des Volks."

Je mehr die Aufklärung unter dem Volke sich verbreitet, desto näher lernt es seine ursprünglichen Rechte kennen und diesen gemäs handeln. — „Erkennt das Volk seine Menschenrechte, und ehren sie die Vornehmen, so bedarf es keiner gewaltthätigen Revolution. Beide Theile werden sich vereinigen, eine moralische Staatsverfassung zu gründen und als Bürger im Frieden unter den Gesetzen der Gerechtigkeit zu leben. — Glücklich ist der Staat, wo die Vornehmen bey gleichem Fortschritte der Aufklärung mit dem Volke beständig so gerecht sind, um das Volk im Verhältniß seiner Aufklärung, die sie selbst befördern, zu behandeln." —

„Der edle Mann, der die Menschenrechte ehrt, hat nie von der Aufklärung zu fürch-

der Medizin in Nürnb.rg. 8vo. Jena und Leipzig bey Gabler 1795. S. 187.

ten, und eben so wenig der Fürst, der aus
Pflicht regiert. Denn ein aufgeklärtes Volk
wird nie vergessen, daß der Unterschied zwi-
schen dem Volke und den Vornehmen, —
die Folge der bürgerlichen Gesellschafft, —
die Quelle seiner Aufklärung ist; denn ohne
bürgerliche Gesellschafft ist keine Ausbildung
möglich."

Der Zweck der bürgerlichen Gesellschafft
oder der Staatsverein soll Aufklärnng seyn,
obgleich die meisten Schriftsteller Glückseligkeit
als den Zweck angeben. „Aber alle Versu-
che, Glückseligkeit zum Zweck der Staatsverfassung zu machen, sind bisher gescheitert, und
mußten es. Zur Glückseligkeit wird nothwendig erfordert, daß sie sich der Mensch selbst
zu verdanken hat, und daß er andere auch
glücklich machen kann. Glückseligkeit durch
fremde Hülfe ist daher widersprechend, denn
sie ist mit Abhängigkeit verbunden, die sich
nicht mit ihr verträgt. — Die Staatsverfassung soll nicht Glückseligkeit, sondern Gerechtigkeit hervorbringen. Durch keine Revolution kann Glückseligkeit, sondern nur Gerechtigkeit bewirkt werden. Ein Volk, welches
wünscht, daß es ihm so gut gehe, als dem

Vornehmen unter ihm, ist nur neidisch, aber
nicht aufgeklärt. Ein aufgeklärtes Volk erhebt
sich zur höchsten Würde eines moralischen We=
sens, und von dieser Stufe kann es nicht mehr
herabgestürzt werden, und freut sich, je meh=
rere diese Stufe mit ihm ersteigen."

„Aufklärung ist das Ziel der Menschheit,
das sie erreichen kann, und das sie bald er=
reichen wird. Sie zu befördern ist Pflicht
eines jeden Menschen, und daher kann es
auch jeder Mensch. Er vergebe seine Würde
nie, und biete seine Talente nicht feil; er fra=
ge in allem eher was recht, als was ihm nütz=
lich ist; er lerne entbehren, was ihm das
Glück versagte, und strebe nach dem, was in
seiner Gewalt steht; er vertilge den stolzen
Gedanken aus seiner Brust, Menschen glück=
lich zu machen, und suche die schwere Pflicht
zu erfüllen, gegen Menschen gerecht zu seyn!
Glaubt er wichtige Wahrheiten entdeckt zu ha=
ben, so lege er sie den Menschen zur Prüfung
vor, wie er sie fand, und wie er sie glaubt,
ohne heuchlerische Schüchternheit und ohne tro=
tzige Vermessenheit, und überlasse es andern,
ob sie sie auch wahr finden; und hätte er
auch die Wahrheit verfehlt, so müsse ihm

doch sein Gewissen zeugen, wahrhafftig gewe=
sen zu seyn! Dann wird er das Volk auf=
klären und die wünschenswürdigste aller Revo=
lutionen bewirken helfen, die darinnen bestehet,
daß Gerechtigkeit und Liebe, und nicht Eigen=
nuß und Hoffahrt die Quelle und der Zweck
der bürgerlichen Verfassung seyen.“

Wären von jeher Gerechtigkeit und Liebe
heilig gewesen den Hirten der Völker, wir wür=
den keine Greuelthaten lesen können, die in den
Annalen der Menschheit, wahrlich nicht zur
Ehre ihrer Urheber, aufgezeichnet worden sind.
Der Menschenfreund liest sie mit thränenvol=
lem Auge, und von Wehmuth und Mitleid
wird sein Herz gepresst. Hekatomben von
Menschenopfern wurden schon in der grauen
Vorzeit jenen mächtigen Götzen, dem Eigen=
nuße, dem Stolße und der Hoffahrt geschlach=
tet, und auch in unsern Tagen rauchen die
blutigen Opfer noch auf ihren Altären. Im=
mer traurige Beweise, daß Gerechtigkeit und
Liebe den Ersten im Volke nicht heilig sind,
das letzteres doch so sehnlich wünschet.

Wird

Wird das Volk früher aufgeklärt als seine Regenten, so muß es von ihnen Liebe und Gerechtigkeit, die vorzüglichsten Erfordernisse zum Bestand des Staatsvereins, heischen können und dürfen. Was das Volk im Weigerungsfalle thun kann, und thun zu müssen sich berechtigt zu seyn glaubt, lehrt uns die Geschichte aller Jahrhunderte, lehren uns die Beispiele unsrer Tage.

Ist es denn ein Verbrechen, Gerechtigkeit zu fordern, und nach weisen Gesetzen regiert seyn zu wollen, nach welchen der Vornehme, wie der Niedrige, gerichtet werden kann? Warum will man es dem Volke zum Verbrechen machen, wenn es um seine unveräusserlichen Menschenrechte seufzet, bittet und fleht? Was nützten der Menschheit die Fortschritte, die sie seit Jahrtausenden gemacht hat, in der Ausbildung des Geistes, wenn sie keinen Gebrauch von ihren Einsichten und Erfahrungen machen dürfte? — Oder soll sie, da sie zum Manne gereift ist, die weisern, männlichen Begriffe von Wahrheit, Tugend und Recht mit jenen albernen, schwankenden und schwachen der vorigen Kindheit wieder um-

C

tauſchen, die ihre ſelbſt ſchwache und ſtolze
Amme ihr einflößten?

Wir ſind nicht mehr in dem Alter der
Kindheit! Sie ſind vorübergerauſcht jene fürchterlichen Zeiten, an die wir noch mit Schrecken
zurückdenken, wo die Menſchheit ungeſtraft ge-
ſchändet, gemißhandelt und mit Füßen getre-
ten werden durfte. Wo dieſes ſelbſt vor den
Augen ihrer Säugamme, der Prieſterſchafft,
ungeſcheut geſchehen konnte. Die Grauſame,
die ſie zur Ehre der Gottheit weiſe und gerecht erziehen ſollte, hatte ſie vorhin ſchrecklich
verwahrloſet; auch noch jetzt würde ſie ihre
Erziehung verkrüppeln, hätte nicht ihre weiſere
Mutter, die Vernunft ſich ihrer angenommen
und ſie größtentheils unter ihrer Aufſicht ſelbſt
erzogen.

Wer kann es läugnen, daß die Prieſter einer jeden Koſte ſich von jeher ſchwer an dem
Volke verſündigten. Unter ihrer Leitung erzogen, wurden die Menſchen furchtſam, tückiſch,
ſklaviſch und dumm. Nirgends findet man
reine Begriffe von der Gottheit und der Religion; nirgends Spuren von großer Weisheit
und Tugend. Selbſt Moſes ſtellte ſeinen Gott den

Israeliten als einen fürchterlichen Despoten dar,
um sklavische Furcht bey ihnen zu erregen und
zu unterhalten. — „Er schleudere den töd-
tenden Bliß herab von seinem Himmelsthro-
ne, und lasse durch seine Engel mit dem blutigen Schwerdte unter den Menschen würgen,
wenn sie nicht blindlings Befehlen, die er aus
dem Munde Gottes gehört haben wollte, folgen würden.“ So sprach der Zögling Egyp-
tens, als ein Abgesandter der Gottheit zu seinem Sklavenvolke. — Nun führte er sie
im Elende herum, die Bedauernswürdigen,
würgte die Klügern unter ihnen, die seine
Künsteleien entdeckten und seine Absichten merkten, und beging die unmenschlichsten Grausamkeiten unter seinem eigenen Volke, — im
Namen der Gottheit — und verschwand noch,
weil er seinen Plan nicht ausführen konnte,
zur Rettung seiner theuern Ehre.

Die Priester der Juden schämten sich nicht,
das Laster zur Tugend zu stempeln, und die
Tugend zum Laster. Samuel, — ich mag
diesen Mann nicht charakterisiren, wie ich ihn
finde, ließ im Namen der Gottheit Tausende
von unschuldigen Menschen morden, und brachte

den braven Saul, der menschlich dachte und menschlich fühlte, zur Verzweiflung. Sein Verbrechen war — Mitleid; er wollte das Blut unschuldiger Menschen schonen, das er im Namen der Gottheit vergießen sollte.

Priester, Bonzen, Popen und Pfaffen, Diener der Religion mit und ohne Kragen, haben seit Jahrtausenden das Volk fürchterlich hintergangen. Alle schienen darauf auszuge= hen, den Verstand der Menschen zu lähmen, und ihre Seele zu verkrüppeln. Sie machten es jedem zum Verbrechen, der es wagen woll= te, seinen Verstand durch Nachdenken zu schär= fen und seine Seelenkräffte zu üben. Alle predigten dem Volke Glauben ohne Prüfung, und verdammten den Zweifler, den Forscher nach Wahrheit; — als ob Glaube ohne Ueber= zeugung möglich wäre! —

Nicht blos die Anhänger des Brama, des Dalai Lama, des Mufti, sondern auch die des Pontifex zu Rom, des Calvins und des Luthers, und wie sie alle heissen mögen die Herren, die ihre Hirngeburten ihren Abge= sandten und Dienern bekannt machten, — müssen religiöse Träumereien auf Treue

und Glauben annehmen, und, ohne daß sie
dieselben richtig zu deuten im Stande sind,
oder sie selbst fassen können, mit Feuereifer
vertheidigen.

Selbst die Lehrer der protestantischen Kir-
che, so sehr sie die Aufklärung zu begünstigen
vorgeben, erzählen ihre Träume und fordern,
daß man sie als heilige Wahrheit glaube.

Diese Herren klagen eine Zeit her über
die ihnen entzogene Achtung und sie wollen es
nicht einsehn, daß sie selbst daran viel Schuld
sind. Haben die bessern, die edlern unter ihnen mit der Fackel der Wahrheit die Herzen
der Menschen erwärmt; so müssen andere die
dadurch bewirkte Gährung nicht hindern, damit sich die Geisteskräffte entwickeln können,
und die wohlthätige Evolution zu keiner Revolution werde.

Einst, und vielleicht bald wird die Vernunft durch eigne Prüfung bewährt, und eine
selbst errungene Glückseligkeit unser aller Theil
werden. Soll aber Glückseligkeit den Menschen laben — Glückseligkeit auf Liebe und

Gerechtigkeit gebaut; so muß er die Fesseln des Aberglaubens, der Vorurtheile und des Wahns abstreifen. Die Aufklärung voll Lieb- und Mitleid kennt und zeigt uns die Mittel, wie dieses, ohne Schmerzen zu empfinden, geschehen kann. Wenn also sie es ist, die zum Glücke der Menschen wirkt: warum führt man sie nicht feierlich ein in die großen Gesellschafften der Menschen? warum versperrt man ihr die Wege? — Weil Eigennuß, Stolz, Eigendünkel und Neid bisher immer den Vorsitz darinnen hatten, und sie es wohl einsahen, daß wenn sie eingeführt würden in die Kreise der Gesellschafften, ihr Einfluß mächtig, hingegen jener unseligen Gebrüder Einwirkung nur schwach und unbedeutend werden würde. Diese Söhne der Finsterniß wußten sogar die Diener der Religion zu gewinnen, sie zu verjagen, wo sie sie fänden.

Wenn wir ohne Bild reden wollen, so müssen wir einander freimüthig gestehen, daß die Diener der Religion am ersten und vorzüglichsten zu dem edelsten aller Zwecke wirken könnten: Gerechtigkeit, Liebe und Tugend unter den Menschen einzuführen, da sie einen so ausgebreiteten Wirkungskeis vor sich haben.

Aber leider! nur wenige sind edel genug, es
zu wollen, und fähig genug, es zu können.
Und ihnen wäre es doch vor allen Pflicht,
auf den Verstand der Menschen zu wirken,
ihnen den Gebrauch der Vernunft zu lehren,
und ihnen, diese göttliche Gabe weise zu gebrauchen, Anleitung zu geben. Sie sollten
vorzüglich die Menschen zum eignen Nachdenken gewöhnen, und es ihnen angelegentlichst
empfelen: lebenslang nach Wahrheit zu for-
schen, und nach richtigen, vollständigen Vor-
stellungen und Urtheilen von allen denjenigen
Dingen zu streben, die auf das Glück der
Menschen einen Bezug haben. Da sie es
aber gemeiniglich unterlassen; so ist es kein
Wunder, wenn sie Verachtung trifft, und man
ihnen die Achtung entzieht, die sie ausserdem
wirklich verdienten.

„Die Speichellecker! die niederträchtigen
Seelen! die schändlichen Heuchler!" — das
sind die gewöhnlichen Prädikate, die man ihnen da und dort beilegt. Fragen wir nach
den Ursachen dieser Verachtung, so wird es
uns nicht schwer, sie aufzufinden. Bey dem
Aufwachen der Völker wegen Tirannen und
Druck, wegen Ungerechtigkeit und Härte, wa-

ren sie es, die sich größtentheils auf die un-
terdrückende Seite schlugen, und gegen das Gerechtigkeit fordernde Volk Parthey nahmen. —
Sie, die Liebe predigen sollten nach Christus
Vorschrifft, brachten selbst Tod und Verderben über die Menschen. Die Religionskriege,
welche die Erde mit Blute tränkten, waren
größtentheils ihr Werk. Möchten wir doch
hier sagen können: „es war's!'' — aber leider! ist es noch zu Ende des achtzehnten Jahrhunderts ihr Werk, die Erde mit Blute zu
färben, Elend zu verbreiten und anzufachen
die Glut, daß sie auflodere zur verzehrenden
Flamme. — In Belgien trugen sie vor
wenig Jahren das Bild des Gekreuzigten,
der aus Liebe für's Volk starb, in der einen
Hand, und in der andern den gezückten Säbel, um Fanatismus, Irrthum und Tiranney
zu vertheidigen; mordeten kaltblütig unter Menschen, und feuerten ihre gesammleten Heere,
im Namen des Musters der Liebe, zur Rache und Wuth an. In Gallien waren sie
die eifrigsten Versecher des Königthums, des
Aberglaubens, der Tiranney und der Ungerechtigkeit. Sie waren unverschämt genug, Räu-
berhorden unter ihre blutige Fahne zu samm-
len, und hauchten ihnen Wuth und Rache ein.

Sie feuerten ihre gesammleten Heere an, mit
aller erdenklichen Grausamkeit diejenigen nieder zu würgen, die sich der neuen Ordnung
der Dinge unterworfen haben. Und diese
Barbaren, angeführt und geleitet von Dienern
der Religion, nannte sich — höre es Nachwelt und staune! — „die Jesusregion.“ —
In Spanien, Portugal, Neapel und Rom
morden sie wegen kirchlicher Meinungen durch
die heilige Inquisition, und in protestantischen
Staaten bringen sie den ehrlichen Mann deswegen um Brod und Amt. — Und doch
fordern sie Achtung und Ehrfurcht! —

Wenn sie ihre Pflicht erfüllen, als die
Diener der Religion, Aufklärung, und mit ihr
Gerechtigkeit und Liebe dem Volke predigen;
wenn sie muthig genug seyn werden, sich zu
widersetzen allen dem Unrecht, welches heut zu
Tage Fürsten und Obrigkeiten allenthalben ungescheut ausüben: dann wird sie das Volk
wieder lieben, ehren und schätzen. Sie als
die Boten des Friedens und der Liebe sollen
zum allgemeinen Wohlwollen die Herzen der
Menschen geneigt und empfänglich machen, und
sie sind gleichgültig und gefühllos genug, es
geschehen zu lassen, daß die Erdenherrscher

Tod, Verderben, Jammer und Elend über
gute Menschen bringen.

Hätten die Lehren der Religion richtige
Begriffe von Recht und Unrecht; von Ehre
und Schande in die jugendlichen Seelen der
künftigen Regenten gepflanzt, ihr Herz zum
Guten entflammt: sie würden nicht so sehr
überhand nehmen können, die Ungerechtigkeiten unsrer Tage; Menschenmord und Grausamkeit würden seltner werden, und keine Klagen
über Druck und Tiranney würden hie und da
die Völker ausstoßen, und von Empörungen
würde man weniger hören.

Zu verdenken ist es dem Volke nicht,
wenn es den Religionslehrern verächtlich begeg-
net, weil sie ihre Pflicht nicht erfüllen, und
nicht nach Gründen der Vernunft und der Religion denjenigen, welche die Glückseligkeit der
menschlichen Gesellschafft stören, das Nach-
theilige und Schändliche ihrer Handlungen zeigen, und sie nicht zurückführen vom Irrthum
zur Wahrheit.

Wenn der Fürst mißgeleitet wird von seinen Ministern, Handlungen zu begehen, vor

welcher der Menschheit schaubert; wenn er die unveräusserlichen Völker- und Menschenrechte, von deren Erhaltung das Glück der Staaten abhängt, frevenlich mit Füßen tritt; wenn er die ihm anvertraute Gewalt mißbraucht und als ein Morgenländischer Despote herrschen will: dann muß der Lehrer der Religion dem Fürsten einleuchtend seine Gründe vortragen, warum er, weder als Mensch noch als Christ, so handeln darf. Thut er dieses, und der Fürst tirannisirt dem ohngeachtet nach seinem Dünkel fort, ohne auf die Stimme der Wahrheit zu horchen; so hat er doch seine Pflicht erfüllt.

Doch der wichtige Umstand ist nicht zu vergessen, daß der Einfluß der Priester bey Hofe aufgehört hat, seitdem unsre Fürsten in Religions- und Glaubenssachen selbst sprechen. Und dieses mag sie einigermassen entschuldigen.

Was ehehin die Priesterschafft sich anmaßte, das Gewissen der Menschen beherrschen zu wollen: das scheint jetzt ganz die Sache der Fürsten zu seyn. Seufzte man ehehin über Priesterzwang, so wird man jetzt schon genöthigt, über Gewissensdruck der Regenten zu schreien.

Maſſen ſie ſich es ja jetzt ſchon an, ſelbſt
den erfahrenſten Lehrern in der Religion Vor-
ſchrifften zuzuſchicken, wie und auf welche Art
ſie die Religion lehren, was ſie als Glaubens-
wahrheiten vorzüglich dem Volke einprägen ſoll-
ten u. ſ. w. Ob es vernünftig oder unver-
nünftig iſt; das iſt übrigens gleich viel.

Die Sache des Lehrers iſt es, Glauben
aus Ueberzeugung hervorbringen; aber die Regenten haben eine ganz andere Methode. Ihre
Glaubensprediger, die ſie ausſchicken, löſen die
Einwendungen und Zweifel nicht durch Worte,
ſondern durch das Schwerdt. —

Würde es dem Menſchen etwas nützen,
wenn man die Hierarchie zerſtörte, um ein fürch-
terlichers Regiment auf ihre Trümmer zu bauen?
Schon iſt der Anfang zu dieſem Gebäude hie
und da gemacht worden: aber Dank ſey es
der Vorſehung! noch iſt keines vollendet. Arme Menſchheit! wie würde es dir gehen, wenn
man deine Ueberzeugung, deinen Glauben dir
entreißen und dir das mit Gewalt aufdringen
wollte, was bald dieſer, bald jener Regent für
beſſer hielte? — Selbſt in jenen Zeiten, wo
du noch im Finſtern tappteſt, wo kein Strahl

der Aufklärung dir noch leuchtete, hat dieses noch keine weltliche Macht gewagt. — Und jetzt, da die Dämmerung verschwindet, da das Licht des Tages hervorbricht und deine Vernunft erhellt, solltest du diesen Schimpf, diese Schande erdulden? —

Gewissenstirannen sollte in unsern Tagen ganz verbannt werden von der Erde, und kein Erdenherrscher sollte das Recht haben dürfen, seinen Unterthanen zu befehlen, etwas zu glauben und heilig zu halten, was sie nicht glauben und heilig halten können. Dem Menschen Glaubensvorschrifften aufdringen zu wollen, oder ihn von seinem Glaubenssysteme loszureissen, hieße Eingriffe in seine Vernunftrechte thun, seine Ruhe rauben, und ihn zum Heuchler machen.

Wir sind herausgetreten aus den Jahren der Kindheit, und unser Jünglingsalter hat schon angefangen. Unser Verstand ist gebildeter, als sonst, und der Mensch braucht nicht mehr des Gängelbandes, an den man ihn vormals leitete. — Zwar wird er noch an einem Bande geleitet, an dem Bande der Religion; und dies will er. Der Vernünftige

erkennt es, daß ohne Religion der Staaten=
verein nicht denkbar ist; aber er unterscheidet
auch Religion von Glaubensvorschrifften einzel=
ner Menschen. Die Religion ist die Hand=
lungsweise der Menschen in Hinsicht auf Gott,
mittelst der Vernunft weiser, gerechter, besser,
zufriedener, heiterer und glücklicher zu werden.
Gesetzt nun der oder jener Mensch verschaffte
sich Kenntnisse von gewissen Sachen in der Re=
ligion, die er nach seinen Vernunftskräfften
und durch Hülfe seiner Sinne für gut hält,
und sie sogar als wahr befunden hat; so kann
er doch deswegen nicht fordern, daß sie an=
dere gleichfalls als wahr und gut annehmen
sollen, ohne sie noch geprüft zu haben, und
ohne sie nach ihrer Ueberzeugung dafür zu er=
kennen, und sie als wahr zu befinden.

Je heller die Einsichten in der Religion
bey dem Menschen werden, desto gerechter und
besser wird er gegen andere seyn und handeln.
In so ferne nun der Mensch, vermöge seiner
Religionskenntnisse keinem in derjenigen Gesell=
schafft, in welcher er lebt, zu nahe treten und
ihm seine Ruhe und Zufriedenheit rauben darf:
in so ferne nun hat die Regierung darüber

zu wachen, daß das Wohl der Gesellschaft
nicht gestört und die Menschen durch unsittli-
che Handlungen gekränkt werden.

Da die Religionen verschieden sind, so
müssen es auch Handlungen der Menschen, in
Absicht der Religion, seyn. Einige stecken dem
Menschen Grenzen ab, wie weit er gehen darf,
und beengen seine Freiheit; andere lassen ihm
den freien Gebrauch seiner Geisteskräffte. Darüber nun kann und darf kein Fürst und keine
Obrigkeit richten: sondern sie muß es dem Gewissen der Menschen überlassen, darüber zu
urtheilen, und die darüber allenfalls geäusser-
te Bedenklichkeit ihrer Selbstprüfung überlassen.

Die vernünftigste Religion wäre freilich
ohne allen Zweifel die wohlthätigste für den
Staat, weil Religionsirrthümer, Vorurtheile,
Wahn, Aberglaube und Dünkel einen nachtheiligen Einfluß auf die Herzen der Menschen haben, ihre Glückseligkeit trüben, und
ihrer Freiheit im Wege stehn. Dem allen
aber ohngeachtet, wäre es eine zu kühne und
verwegene Anmassung irgend einer Obrigkeit,
die Bürger des Staats zu zwingen: dieses

oder jenes, was sie für wahr halten, durchaus nicht zu glauben.

Tiranney wäre es, sie los zu reißen von ihren Gewohnheiten und Gebräuchen, die sie für heilig halten. Ob ihnen gleich manches Zwang seyn mag, was ihre Religion heischt; so ist es ja ihr Wille, sich darein zu fügen, und sich diesen Zwang gutwillig auflegen zu lassen.

Gott verhüte es, daß es nicht dazu komme, daß Obrigkeiten und Fürsten gebieten dürfen: wie man denken und handeln soll. Wer würde ihrer Macht, wer ihren gewaffneten Glaubenspredigern widerstehen können? Welche Abscheulichkeiten würden diese nicht an anders denkenden Menschen ausüben? — Mit Schaudern denke ich hier an die die Menschheit empörenden Grausamkeiten der Spanier, die diese Barbaren an den armen Indianern ausübten. Mit welcher Erbitterung würden nicht die Religionskriege, alter und neuer Zeiten, geführt?

Noch

Noch stehen sie uns vor Augen die traurigen Ruinen des dreisigjährigen Krieges, der unser teutsches Vaterland verheerte. Noch lesen wir sie mit Wehmuth die blutigen Schlachten, in welchen Tausende wegen blofer Meinungen fielen. — Tausende starben den Hungertod; Tausende welkten dahin durch Elend, Gram und Sorgen!

Als Luthers Lehre sich in den Niederlanden verbreitete, lies Karl die Ketzer, das ist die eifrigsten Bekenner der neuen Lehre, mit dem Schwerdte hinrichten, und ihre Weiber verbrennen. Ueber hundert und sechzig tausend Menschen wurden auf diese Art dem Fanatismus geschlachtet *).

Josephs II. Verfahren gegen die Niederländer war gleichfalls ungerecht und despotisch.

*) Dieses geschahe zwar auf Anstiften und mit Genehmigung des Oberpriesters zu Rom: was würde nun aber erst geschehen, wenn die Großen willkürlich wegen Meinungen anderer nach ihren Launen morden und würgen dürften?

F.

Er wollte über ihren Verstand und ihr Herz
gebieten, als wenn er ohnfehlbar gewesen wäre; wollte, daß sie gerade so denken sollten,
wie er, und bedachte es nicht, daß er eine
Unmöglichkeit fordere. Ihre Anhänglichkeit an
Pabst und Geistlichkeit war zu groß, als daß
es sie nicht geschmerzt haben sollte, da man
sie davon los reissen wollte. Reliquien und
Heiligenbilder waren ihnen heilig, und Prozes-
sionen für sie ein Seelenfest.

Ihm schien es nicht so: darum sollten auch
sie, wie er, gleichgültig dagegen seyn. Wenn
auch die Absicht bey seiner einzuführenden Re-
formation gut war; so waren es doch die Mittel
nicht, die er dazu anwandte. Ihre Religion
sollte geistiger werden, ohne daß sie selbst es
vorher geworden waren. — „Das Licht geweihter Kerzen that dem schwachen Auge wohl,
sagt ein beliebter Schriftsteller unsrer Zeit;
Joseph zwang seine Niederländer, in die Sonne zu sehen, und sie ließen sich leicht bereden,
das Licht schmerze sie darum, weil die Sonne nicht geweiht sey. — Aber sollten sie denn
das Sonnenlicht nie sehen? immer sich mit
dämmernden Kerzenlichte begnügen? nie statt
des betäubenden Lichterdampfs freie, frische Lufft

einathmen? Wer das Sonnenlicht kennt, und
Menschen liebt, könnte das wollen? aber warum nicht die Sonne weißen laßen? Warum
wurden nicht die Menschen in Prozeßion, unter Anführung geweihter Priester hinausgeführt
in die freie Lufft? Warum ließ man sie nicht
erst den mildern Abglanz der Sonne, Mond-
licht genießen, ehe man sie in Sonnenschein
führte? Warum nicht den ersten Strahl der
Morgenröthe, der auch dem schwachen Auge
nicht weh' thut? Auch Mondsschein, und Morgenröthe, ist Sonnenlicht!"

Nein! Josephs Verfahren war nicht klug!
Er that nicht recht, daß er über das Gewiß-
sen seiner Unterthanen herrschen wollte. —
Aber was entstund, da er starrsinnig genug
war, seinen Willen, als Befehl geltend machen zu wollen? — Die Gemüther der Bra-
bänder fingen an zu gähren, aufzubrausen, und
den Gehorsam dem aufzukünden, der ihn noch kurz
vorher streng forderte. Weder Waffengewalt
noch Güte konnte mehr ihren Entschluß ändern.

Sollte es denn nun aber auch nicht emp-
findlich fallen dem Menschen, ihm nicht
schmerzen, wenn man über seine Meinungen

F 2

und seinen Glauben mit so grausamer Härte tirannisirt? —

Schon fangen unsre Fürsten und Obrigkeiten an, Privatmeinungen vor ihren Richterstuhl zu ziehen; öffentliche Urtheile zu verbieten; die Publicität in ihrem Laufe zu hemmen, und fürchterliche Strafe dem zu drohen, der diesen ihren Befehlen nicht nachkommt.»

Gerade das fehlte noch, die Erbitterung des Volks gegen ungerechte Regenten aufs höchste empor zu treiben! Durch eine solche Gewissenstirannei entsteht Unduldsamkeit, gehässige Mißdeutungssucht, und Konsequenzmacherei.

Wer die Geschichte nur ganz flüchtig durchgegangen hat, dem ist es bekannt, zu welcher Erbitterung und Rache die Menschen von jeher durch diese Unholdinnen aufgereizt worden waren. Und heut zu Tage, da die Menschen auf einer höhern Stufe der Aufklärung stehn, als sonst, muß diese Erbitterung aufs höchste steigen, weil es der Mensch, vermöge der bessern Einsichten, als höchst ungerecht und unbillig findet, wenn man ihm

die vorzüglichſten Mittel zu ſeiner Ausbildung
rauben, und den Gedankenwechſel mit andern
verkürzen und einſchränken will, durch den er
ſich nur allein zu einem vollkommen morali=
ſchen Weſen bilden kann? —

Gerechter Himmel! Ereigniſſe mit anzu=
ſehen, dergleichen die Geſchichtbücher keines
Jahrhunderts aufweiſen können; Ereigniſſe für
die Jetztwelt wichtig — Wunderbinge hö=
ren, und ſie nicht wieder erzälen dürfen! —
In dem barbariſchſten Zeitalter ſelbſt war dieſe
Gewiſſenstiraney nicht. — Wir ſehen die
Gallier aus ihrem tiefen Schlummer erwachen,
Despotie und Fanatiſmus vom Throne ſtürzen,
und jene gifftige Kröte, Ariſtokratie, unter ih=
ren Füßen zerquetſchen. Wir hören ſie ver=
nünftige Grundſätze einander vorpredigen, be=
merken es, wie ſie mit angeſtrengten Geiſtes=
kräfften Plane nicht blos entwerfen, ſondern
auch ausführen, worüber man ſtaunt. — Kurz,
wir ſehen und hören ſie theils noch alle die
wichtigen Begebenheiten unſrer Tage: aber ſa=
gen ſollen wir es nur keinem andern, was wir
ſahen und hörten! —

F 3

Bist du denn gänzlich entfloh'n, himmli=
sche Weisheit, von den Thronen unsrer Herr=
scher? Hast du sogar ihre Gewaltigen ver=
lassen, die vorhin, durch dich beseelt, ihnen
Ohr und Auge liehen, und die fürstliche Ma=
schine aufzuziehen verstunden? — — Wie!
verjagt hätten sie dich aus ihren Kabinetten und
Palästen, und jene dickbeleibte Dame, Amen=
tia, deine dir verhaßteste Feindin, zur ver=
trautesten Gefährtin gewählt? — — Nun,
so besuche die Häuser der Bürger und die Hüt=
ten der Armen! Sie werden dich mit offnen
Armen empfangen, und deiner Leitung folgen!
Ja, sie werden dir folgen, und nicht zuge=
ben, daß Dummheit über sie herrsche!

Alle Staaten erhielten sich, so lange die
Regenten derselben Weisheit leitete, und die
Gerechtigkeit ihnen zur Seite stund; sie lösten
sich aber auf, zerfielen, oder wurden zerstört,
so bald man anfing, jene Töchter Gottes zu
verhöhnen und zu verspotten.

Weisheit und Gerechtigkeit können unmög=
lich denjenigen Regierungsgliedern ehrwürdig
seyn, welche den Geist der Menschen fesseln
wollen. — Schon der Gedanke, es zu wol=

len, verräth Blödſinn, und das Verbot, nicht
reden zu dürfen, wie man denkt, ſetzt laut
ſchreiende Ungerechtigkeit voraus.

Handelten die Regenten weiſe, gut und
gerecht, hätten ſie die edle Abſicht: den Wohl-
ſtand der Staatsbürger nicht zu ſtören, ſondern auf alle mögliche Art ihn zu fördern,
und über das Glück der Bürger zu wachen;
ſo könnten ſie es ja ſchon voraus ahnden, diejenigen, welche ſich Väter des Vaterlandes
nennen, daß Zufriedenheit ihre frohen Unterthanen belebe; es müßte es ihnen ihr inneres
Gefühl ſagen, daß ſie mit Wohlgefallen und
Achtung ſprechen würden von der weiſen Sorg-
falt ihrer Regenten, von ihrer Gerechtigkeit und
Liebe zu dem Volke.

Sollte unter obiger Vorausſetzung eine
Rezierung den Gedankenwechſel und die Publicität verbieten können? Sollte ſie ſich ge-
fliſſentlich die Freude rauben wollen, den gerechten Dank nicht zu hören, der aus dem Munde eines zufriedenen Volks laut werden will?
Sollte ſie böſe werden können, wenn man ſeinen Nachbarn es ſagt, daß man unter einer
guten und gerechten Obrigkeit lebe? — Es

muß also eine ganz andre Bewandnis haben,
warum der Gedankenwechsel gehemmt, die Publicität nicht gestattet, und die Geistesfreiheit
unterdrückt wird. Leider! wissen wir es, warum man dem Volke Schweigen gebietet; wissen es, warum man hin und wieder Spione
aufstellt, um diejenigen auszukundschafften,
welche das natürliche Gefühl von Ungerechtigkeit laut werden lassen, und von verletzten
Volksrechten sprechen.

Es ist nicht Weisheit, es ist Despoten-
greuel, Privatmeinungen vor den Richterstuhl
der Volksbeamten zu ziehen, und Verdam-
mungsurtheile darüber zu fällen. Die Menschheit schaudert über die unerhörten Strafen,
welche nicht wenige, selbst bescheidener Urtheile halber, leiden mußten. Wer die Folgen
dieser Grausamkeit kennt, und dennoch fort-
fährt, sie auszuüben, der ist nicht weise. Zu-
rückhaltung, Verstellung und Heucheley treten
an die Stelle der Offenherzigkeit; Erbitterung
und Haß an die Stelle der Freundschafft und
Liebe, wenn ich nicht reden darf, wozu mein
Herz mich stimmt, und nicht urtheilen, wie
mein Verstand es will.

Wenn der Dämon der Zwietracht, des Mißtrauens und des Hasses unter dem Volke schleicht; wenn sich jene gehässigen Töchter der Nacht, Bosheit und Schadenfreude, ihm zugesellen: dann fallen viele der Menschenopfer — und die meisten bluten unschuldig. Aber ihr Blut schreit um Rache, und diese werden früh oder spat ihre Söhne und Enkel nehmen.

Seit einiger Zeit schleichen sie hin und wieder herum, diese Töchter der Hölle, in Teutschlands Staaten und foltern Geist und Körper der Edlern im Volke. Sie zu verjagen, wagten es gutdenkende Menschen: aber sie verfolgten sie mit Wuth, und opferten sie dem Tode auf. Wir wollen den Schleier über die Greuelthaten werfen, die vor unsern Augen durch sie ausgeübt wurden, damit nicht unser Herz vor Wehmuth breche! Sollte sie aber länger dauern, ihre gefürchtete Herrschafft: dann muß endlich die Menschheit erwachen, und ihr Reich zerstören.

Je mehr die Feder einer Maschine zusammengepreßt wird, desto stärker und schneller wird ihre Schnellkrafft. Möchte doch Frankreichs Beispiel mehr auf unsre Regenten wir-

ken, als es bisher geschah'! Möchte man ihnen doch die wahre Ursache nicht bergen, welche die Neufranken zur Verzweiflung brachte!
— Auch sie umgaben Spionen, diejenigen
auszuspähen, welche von politischen Angelegen-
heiten und der Regierung sprachen. — Jener ehemalige Höllenkerker, die Bastille, faß-
te sie zu Hunderten, die unschuldigsten Menschen, die so sprachen, wie sie dachten, und
so urtheilten, wie sie die Sache fanden. Tausende starben langsam den Märtirertod, die
über Gewalt und Ungerechtigkeiten klagten,
und Tausende wurden deswegen gestürzt und
unglücklich gemacht. — Aber was geschah',
als der Druck aufs äusserste gebracht wurde?
Die Feder sprang, und durch ihre Schnellkraft
rieß sie alles um sich her nieder. —

Was die Gallier thaten, werden andere
Nationen unter ähnlichen Umständen auch thun.
Denn offenbar hat die französische Staatsrevo-
lution einen großen Einfluß auf angränzende
und entfernte Nationen gehabt. Sie gab dem
Geiste der Zeit neuen Betrieb und neue Rich-
tungen. — Wohlthätig hätte dies seyn können für die Menschheit, wenn man sie behandelt hätte, so, wie sie es verdiente, —

als einen zum Manne reifenden Jüngling: aber
man glaubte sie noch in der Kindheit, und
wollte sie durch Spiele reißen, die sie längst
wegwarf, und durch Drohungen blinden Gehorsam erzwingen. Kein Wunder, daß sie
ihre Stärke benützte, und da und dort in ihrer vollen Krafft sich zeigte, zum Staunen der
Väter. Diese müssen sie an der Hand der
Liebe, des Vertrauens und der Gerechtigkeit
leiten, wenn sie folgsam seyn soll ihrem Winke.
Machtworte und willkührliche Befehle haben
ihre Krafft verlohren, Belehrungen wirken nun
mehr.

Das Volk hat in unsern Tagen seine
Rechte kennen gelernt, es hat seine Vernunft
gebildet, und sein Verstand ist aufgehellt.
Nun glüht der Wunsch in ihm, gerecht regie-
ret und geleitet zu werden. — Sein Wunsch
wird laut, wird hörbar an Thronen: aber dort
ist Widerstand. Tiranney und Despotentroß
zwingt das Gerechtigkeit fördernde Volk zum
Schweigen — der Widerstand giebt der elastischen Krafft neue Stärke; die gährende Masse
hebt sich empor, schnellt die sie niederdrücken-
den Lasten weg, und steht da in einer neuen
Form.

Ich will nicht zurückgehen in die Geschichte
der grauen Vorzeit, und die Ursachen der Volksbewegungen und Staatsumwälzungen in entfernten Gegenden aufsuchen. Aber die wenigen Reste, die wir aus dem ehrwürdigen Al-
terthume noch haben, sagen es uns deutlich,
daß Tiranney, Ungerechtigkeit, Despotentrotz,
Grausamkeit und Volksdruck die vorzüglichsten
waren; und in den griechischen Staaten, so
wie in den römischen Provinzen regte sich der
Geist der Zwietracht und der Unzufriedenheit
des Volks gegen die Gewalthabere, wegen
Verletzung der Regentenpflichten und der ver-
übten Grausamkeiten, wie es uns Schriftsteller
dieser Völker aufgezeichnet haben.

Doch warum wollten wir auch den Stoff
der Volksbewegungen und Staatserschütterun-
gen in entfernten Ländern aufsuchen, da wir
ihn leider! um uns herum so nahe finden
können. — Ach, daß es uns schwer würde,
ihn aufzufinden in unserm teutschen Vaterlan-
de! Zwar hat sich die gährende Masse noch
nicht ganz emporgehoben zum schrecklichen Aus-
bruche — und mögte sich uns nie die fürchterliche Erscheinung zeigen! Widerstand, Druck
von außen stärkt die elastischen Kräffte, ohne

ihn aber verfliegen die entbundenen Geister un-
schädlich in dem Luftkreise, und entladen sich
der unreinen Theile. Möchten jene gewaltigen
Erschütterungen, die ehehin und jetzt in unsrer
Nachbarschafft vorgingen, nie uns in Schrecken setzen! — Wenn, wie man sagt, Re-
volutionen heilsam für die Menschen sind; so
kann dieses nur den Nachkommen gelten. Dies
lehrt uns die Geschichte aller Staatsumwälzungen; aber Frankreichs vorzüglich.

Wir wollen keine der fürchterlichen Katastro-
phen erleben, die unsre Nachbarn saßen! Es
wird uns aber auch keine schrecken, so lange
Tirannei und Ungerechtigkeit das teutsche Volk
nicht ganz zu Boden drückt, so lange man es
nur noch athmen läßt. — Die Schweizer
und Niederländer schüttelten das Joch der Tirannei ab, weil es ihren Nacken zu schwer
drückte, und weilen Despotentroß, tiefe Verachtung und wegwerfende Begegnung ihrer
Henker sie zu sehr kränkte. — Geßlers
Stolz und Troß empörte die guten Schweizer*),

*) Geßler nannte die angesehensten Fami-
    lien bäuerische Menschen, das Volk Hun-
    de und elendes Gesindel, und verlangte, daß

und Alba's unerhörte Grausamkeit reizte die lange dultenden Niederländer zum kühnen Widerstand, der ihre Freiheit schuf *).

Die Geschichte aller Jahrhunderte bestätigt den Satz, daß Tirannei, sie mochte sich zeigen in welcher Gestalt sie wollte, die Gemüther der Menschen erhitzte, Gährungen erregte, und Empörungen hervorbrachte. Man entziehe dem Volke seine eingebildete oder wirkliche Freiheit; man wage gewaltsame Eingriffe in seine ihm zugestandenen Rechte, oder beraube es derselben gänzlich; man handle nach Willkühr und nicht nach den Gesetzen: die Gährung beginnt, und je nachdem der Widerstand ist, schwach oder stark, entsteht Aufruhr, Empörung, Staatsumwälzung.

man vor einem aufgerichteten herzoglichen Hute öffentliche Ehrfurcht bezeigen sollte.

*) Alba, dieser Teufel in Menschengestalt, rühmte sich öffentlich, daß er während seiner Statthalterschafft über achtzehntausend Menschen durch den Scharfrichter habe hinrichten lassen.

Josephs II. schnelle Reformen in Belgien, die Verletzung der Joyeuse' entree, und die rasche Durchsetzung seines einmal entworfenen Plans, erregte eine Gährung, welche so schreckliche Auftritte in den Niederlanden veranlaßte.

Die Belgier waren noch nicht empfänglich gemacht für das, was Joseph bezwecken wollte. Die Anhänglichkeit an ihre Gebräuche und Gewohnheiten war zu groß, als daß sie hätten gleichgültig bleiben können, da sie mit Gewalt davon losgerissen werden sollten. Mit einem Wort: sie fanden die ganze Verfahrungsart unbillig und ungerecht. Die Erbitterung stieg, als Joseph weder auf die heiligen Verträge und Privilegien mehr achtete, deren Verletzung ihnen nicht einmal denkbar war. Ihr Unwille stieg bis zu einem unglaublichen Grade. — Er brach aus, und es fehlte nur ein Mann, der Kopf und Herz haben durfte, um sich an ihre Spitze zu stellen, und mit Macht dasjenige zu vertheidigen, was man ihnen mit Gewalt rauben wollte. — Bald fand sich ein van der Meersche, der, durchglüht vom Eifer für das Interesse seiner Nation, mit ihr, ihre Rechte und Freiheiten vertheidigte. Es ist zwar traurig, solche kühne Schritte

zu wagen, die immer blutige Spuren zurück-
laffen: aber offt ift es unvermeidlich, wenn
Eigennuß und Stolz dem Volke feine geheiligten Rechte raubt, und feine Freiheit ent-
reißt.

Einengung der Freiheit, Raub der Volksrechte, weckte die Gährung in Lüttich, die in Empörung ausbrach. — Nicht erft durch das
Beispiel des nahen Frankreichs wurde die Gährung geweckt, fie begann fchon unter einem
Ferdinand und Maximilian Heinrich
aus dem Haufe Baiern, wegen Unterdrückung
der Volksrechte, welche der Paix de Ferhe vom
Jahre 1316 beftätigte *). Zweimal mußten
die Lütticher in einer blutigen Fehde gegen Ferdinand, ihren Bifchoff, fich ihre Rechte erkämpfen;

*) In diefem Grundgefeß heißt es ausbrück-
lich: „daß jede Perfon nur nach dem Ge-
feße und von feinen Richtern verurtheilt werden könne. Wenn die richtende Gewalt dagegen handeln follte; fo darf man fich dagegen fetzen und nicht zugeben, daß eine
Veränderung der Gefetze dagegen vorgenom-
men werde, ohne Zuziehung und Beiftim-
mung des Volks.

erkämpfen, welche doch die Reichsgerichte als
unverletzbar anerkannt hatten. Aber er war
Despote genug, weder auf diese Anerkennung,
noch auf die Stimme des Volks zu achten *).

Maximilian Heinrich machte es nicht
besser. Dieser Wolf im Schafskleide schien
der eifrigste Beschützer ihrer gerechten Sache
zu seyn: seine Versprechungen waren süsse. Das
Volk freute sich schon auf einen billigen und
Gerechtigkeit liebenden Fürsten: aber ihre Freude verwandelte sich zur tiefsten Trauer. An
der Spitze seiner Baiern überfiel er die Lütticher, die nichts Böses ahndeten, und vom
bangen Schrecken betäubt waren, als Feinde,
und warf alles um, was durch Gesetze und
Verträge heilig aufgerichtet worden war. — —

*) Mit der Gleichgültigkeit eines Despoten
aus Orient, ließ das geweihte Kirchen-
haupt die eifrigsten Vertheidiger ihrer Rechte theils hinrichten, theils aus dem Lande
jagen. Er machte eine neue Landesverfas-
sung durch das Reglement von 1649, welches die Bürger 1676 wieder abschafften.

𝔊

Die letzten Auftritte in Lüttich *) geschahen gleichfalls wegen gekränkter, und verletzter Volksrechte und der drückenden Abgaben, welche blos von den erwerbenden Volksklassen erhoben wurden.

Die Geistlichen, welche zwey Drittel der liegenden Güter besaßen, waren frey von Abgaben. Das Volk konnte die Last fast nicht mehr tragen, die lange schwer auf ihm lag, und äusserst drückend war. Der Gallier kühne Schritte, und noch andre Umstände, machten das Volk muthig. Es verlangte, nach den alten Rechten, von dem Bischoffe unabhängige Repräsentanten wieder, und die Abschaffung des Reglements von 1684. Der Fürst genehmigte und billigte alles. Ein neuer Magistrat, von dem Volke gewählt, trat an die Stelle des alten, und der Fürst bewies, durch seine freiwillige Unterschrifft, daß die neue Ordnung der Dinge mit seiner Bewilligung unternommen wäre, und er sie ganz gut fände. Wer hätte unter diesen Umständen eine Täuschung vermuthen sollen? — Aber bald zeigte es sich, was Regentenversprechungen sind.

*) Im Jahre 1789.

Der Fürst entfernte sich am 27. August
plötzlich, und an eben dem Tage kam ein Man-
dat von dem Reichsgerichte in Wetzlar, welches die neue Organisation des Staats als un-
statthafft erklärte, und wieder alles in den vorigen Stand zu setzen, den Niederrheinischen
kreisausschreibenden Fürsten auftrug.

Die traurigen Folgen davon sind bekannt
genug und zu niederschlagend für die Menschheit, als daß sie nochmal, ohne Widerwillen
zu erregen, vor das Auge gebracht werden
könnten. — —

Was in Frankreich geschah', und warum
es geschah', weiß ja jeder. Unglaubliche Tirannen, unerschwingliche Gelderpressungen, Grausamkeit und Volksdruck weckte die Gährung,
und verursachte jene beispiellosen Auftritte und
Begebenheiten, die einst von der Nachwelt mit
Staunen werden gehört und gelesen, und als
unmöglich bezweifelt werden.

Wenn Despotie und Ungerechtigkeit größtentheils die Gährung zur Empörung brachte,
wie die Geschichte aller Jahrhunderte es zeigt;

so ist es freilich auffallend, zu sehen, wie dem
ohngeachtet noch von nicht wenigen Regierungen
Europa's alle Arten von Ungerechtigkeiten ausgeübt werden. Es ist fast unbegreiflich, allenthalben die lauten Klagen des Volks über Ungerechtigkeit zu hören, und doch fortfahren zu
können, sie mehr als sonst ausüben zu wollen.
England droht eine Staatsumwälzung, wenn
es nicht der Stimme des Gerechtigkeit fordern-
den Volks Gehör giebt, und den schrecklichen
Mißbrauch der Gewalten aufhebt, wodurch
das Volk dem Elende und dem Verderben
nahe gebracht wird. Daß Albion's Bewohner
tief die Kränkungen fühlen, die sie unter einem
stolzen, ehrgeizigen Minister und unter einem
erkauften Parliamente dulden müssen, beweiset
die Berathschlagung des Volks vor den Mau-
ern des neuen Carthago, wegen Vertheidigung
ihrer Rechte, und die an den König erlassene
Addresse, von zweimal hunderttausend Menschen unterschrieben. Die Gährungen in Irr-
land, die schon mehr als einmal in Empörung
auszubrechen drohten, entsprangen gleichfalls aus
dieser Quelle.

In den kleinen Staaten, in welche Teutsch-
land vertheilt ist, regte sich hin und wieder der

Geist des Aufruhrs aus dem nämlichen Grunde, weil man dem Volke seine Rechte raubte,
und es ihm zum Verbrechen anrechnete, wenn
es Gerechtigkeit forderte. In den Augen des
Freundes der Wahrheit ist diese Forderung edel:
aber in den Augen der Könige und Fürsten ist
es nicht so. Was das Volk gerecht nennt,
ist bey ihnen strafbar. Was bey ihnen als
Tugend erhoben wird, wird bey dem Unterthan als Laster bestraft. — Diese abscheuli-
che Anmassung: Begriffe von Recht und Unrecht, von Ehre und Schande zu verwirren
und zu verdunkeln, und sie sogar in Widerspruch zu bringen, hat sich seit Jahrtausenden
von einer Regierung zur andern fortgepflanzt,
und sich bis in unsre hellern Zeiten erhalten.
So lange dieser Unfug fortdauert, und ihm
das Volk nicht steuert: so lange wird es unter
dem schrecklichsten Drucke und der Tirannen
der Grossen seufzen müssen.

Alle Greuelthaten, an dem Volke verübt,
werden aufhören, wenn die Lehrer bey der
Jugendbildung Gerechtigkeit zum Zweck ihres Unterrichts festsetzen, und die sittlichen
bürgerlichen Vorschriften aus der Gerechtig-

keit, als der Quelle des allgemeinen Wohls, herleiten.

Daß die meisten Regenten und ihre Gehülfen, von jeher und noch gegenwärtig, die Begriffe von Recht und Unrecht, von Ehre und Scharde in Widerspruch setzten und noch setzen, ist keine leere Anschuldigung, welche die Geschichte eines jeden Jahrhunderts, und leider! auch die Geschichte unsrer Tage, beurkundet.

Hat nicht eine jede Regierung Gesetze gegen Räuber und Diebe aufgestellt, vermöge welcher sie zum Tode oder zum Gefängniß verurtheilt werden? Aber rauben nicht die Regierungsglieder und Volksbeamten ungescheut den öffentlichen Schatz, verschwenden Millionen und bestehlen den Beutel der Staatsbürger ungestraft? — Man wende ja nicht ein, die Abgaben, Steuern, Auflagen, Mauth und Zölle, werden zu Staatsbedürfnissen verwendet, zur Erhaltung der Staatsdiener, der Armeen u. s. f. Werden denn dem Volke die Einnahmen und Ausgaben genau berechnet? Zieht man denn das Volk zu Rathe, wenn, man schädliche Plane ausführen will, welche offt ungeheure Summen erfordern. — Oder ist es nicht Diebstahl, wenn einzelne Individuen von der königlichen oder fürstlichen Familie Millionen verschwenden, und dann das Volk gezwungen wird, ihre Schulden zu bezahlen? Rauben, plündern und stehlen nicht die Soldaten ungestraft im Kriege Bürgern und Bauern?

Die Regierungsgesetze bestimmen den Tod für den, der eine Mordthat verübt: aber die Regenten stellen sich, ohne zu erröthen und Strafe zu fürchten, als Meuchelmörder öffentlich zur Schau dar, und lassen durch ihre gefühllosen Söldner unschuldige Menschen zu Tausenden hinwürgen, und jauchzen mit Höllenfreude hoch auf, wenn auf den blutigen Leichnamen ihrer Brüder Trophaeen errichtet werden.

Welch' ein Herz muß in den Menschen wohnen, die mit Anstrengung darauf sinnen, Millionen Menschen dem Hungertod Preiß zu geben! — die sich freuen, wenn sie hören, daß ihre Vorkehrungen dazu anschlagen, und sich betrüben, wenn sie mißlingen! — Fürstentugend! ha, wie gläuzest du! aber nur

am Hofe, wo das Laster Tugend ist, wo die
bürgerliche Tugend ausgezischt, und die wahre Ehre, rechtschaffen zu seyn und zu handeln,
bemitleidet, verlacht oder verspottet wird. —
Anwendbar sind jene Worte der Schrifft bey
den Höflingen: „Sie suchen ihre Ehre in
der Schande". Brav heißt bey Hofe der,
welcher neue Plane zur Beraubung und Zu-
grunderichtung des Volks entwirft, welcher die
Kräffte des Volks zum Widerstand lähmt,
welcher sich als ein Werkzeug zur Ausführung
schändlichen Handlungen gebrauchen läßt, und
der es am besten versteht, wie man das Volk
täuschen und hintergehn kann. Je niedrigden-
kender man am Hofe sich zeiget, mit desto
mehr Ehre und Ansehn wird man überhäuft.
— Je weniger sich ein Mann am Hofe
schämt, Unschuld, Tugend und Gerechtigkeit
mit Füßen zu treten, um desto mehr wird
seine Entschlossenheit, sein Muth und sein Eifer gepriesen werden.

Rechtschaffenheit ist bey den meisten Regierungsgliedern ein Wort ohne bestimmten
Begriff. Bald heißt es Ausübung alles des-
sen, was zum eigenen Vortheil gereicht, die
Mittel dazu mögen seyn, welche sie wollen;

bald Beschützung des Eigenthums des Staats, auf Kosten der Unterthanen; bald Eingriffe in das Eigenthum Anderer, oder öffentliche Beraubung derselben. — Die Regierungen sprechen von Recht und Gerechtigkeit, und treten doch die Volksrechte mit Füßen. Kurz Alles ist bey ihnen Widerspruch: Worte und Handlungen.

Gegen die Neufranken zogen sie aus, die Könige und Fürsten, um ihnen einen König aufzudringen, und das Königthum wieder einzuführen: und während dem ihre Heere deswegen kämpften, verjagten sie den guten Stanislaus August, und theilten seine Länder unter sich. — Und doch klagen die Regierungen über die Sittenlosigkeit des Volks! über Unverschämtheit, den Regierungen Gesetze vorschreiben zu wollen! — Das Volk fordert ja nur Gerechtigkeit; ihm diese versagen, ist despotisch und grausam.

Es ist in der That kein Wunder, wenn Empörungen ausbrechen, da man ja geflissentlich das Volk dazu reißt. Man hört sein Murren, aber man fragt es nicht: warum es murrt? Statt der Untersuchung sollen ehrne Schlünde und gezückte Schwerdte ihm Schweigen gebieten. — Und dies wäre nicht Des-

potie und Tiranney? Nicht Despotie, wenn
man ihn zurück stößt, den klagenden Unterthan,
von den Richterstühlen der Gerechtigkeit? —
Nicht grausam, wenn die Priester der Themis
die leidende Unschuld verstoßen, die unterdrück-
ten Armen nicht hören, und die, um Gerechtigkeit flehenden Bürger verspotten?

Edle unter den Fürsten! die ihr Wahrheit
und Gerechtigkeit liebet, und die Volksrechte
ehret, ihr habt nichts von Empörungen in euren Staaten zu fürchten! Nur im Despoten-
lande, im lande der Tiranney, zeigt sich die
fürchterliche Erscheinung der Tiranney.

Wo Aufflärung sich verbreitet — und ein
guter Fürst sorgt ja dafür — dort beeifert sich
der Vornehme, wie der Geringe, gerecht, edel
und gut zu handeln: und unter diesen Umständen ist keine Empörung denkbar. Zufriedenheit und Ruhe wohnt in euren Herzen, wenn
den Despoten Unruhe und Qual foltert! Die
liebe eurer Unterthanen schützet euch: aber der
Tirann ist auch unter seinen Leibgarden nicht
sicher!